오언 매크로플린 글 ★ 폴리 던바 그림 | 신수진 옮김

그럴 기분이 아니야!

비룡소

거북이는 하고 싶은 게 무척 많았어요.

이렇게도 저렇게도 놀고 싶었지요.

바위에도 한번 올라 보고 싶었는데…

…아이코!

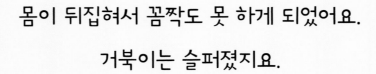

몸이 뒤집혀서 꼼짝도 못 하게 되었어요.

거북이는 슬퍼졌지요.

"너무 속상해."

"나는 속상할 때면 굴을 파. 너도 해 봐!"

토끼가 말했어요.

"그럴 기분이 아니야.

게다가 몸이 뒤집혀서 움직일 수가 없는걸."

"기운 내!"
여우가 외쳤어요.
"널 위해 꼬질꼬질 냄새나는
장화를 가져왔어."

"냄새나는 장화는 싫어!"

"그럼, 내가 안아 줄까?" 고슴도치가 물었어요.

거북이는 화가 나기 시작했어요.

고슴도치가 안아 줘도 나아질 것 같지 않았지요.

"있잖아, 친구의 기분을 풀어 주고 싶다면

우선 무슨 마음인지 이해해 보려고 노력해야 해."

부엉이가 말했어요.

우르르

고습도치는 거북이의 마음을
느껴 보고 싶었어요.

하지만 쉽지 않았지요.

아무리 노력해 봐도,

고습도치는 거북이가 아니었으니까요.

거북이는 천천히 마음을 털어놓았지요.

둘은 가만히 누워서

둥둥 떠다니는 구름을 함께 바라보았어요.

그러다가···

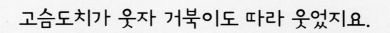

고슴도치가 웃자 거북이도 따라 웃었지요.

"나 좀 도와줄래?" 거북이가 물었어요.

"물론이지." 고슴도치가 대답했지요.

"만약에 내가 또 꼼짝도 못 하게 되면…

…그때도 너랑 함께 있으면 좋겠다!"

거북이와 고슴도치는 하고 싶은 일이 무척 많았어요.

이렇게도 저렇게도 놀고 싶었지요.

바위에도 같이 올라가려 했는데…

···아이코!

때때로 속상해 울고 싶은 이들을 위해,
그 옆에서 항상 이야기를 들어 주는 이들을 위해,
마지막으로 우리가 꼼짝도 못 할 때면 늘 도움을 주는 제임스에게.

–폴리 던바&오언 매크로플린

오언 매크로플린 글
아일랜드에서 태어나 런던에서 가족과 함께 살고 있어요. 가족을 꼭 안고 있지 않을 때에는 여러 이야기들을 쓰지요.
글을 쓴 책으로는 『꼭 안아 주고 싶지만…』이 있어요.

폴리 던바 그림
어려서부터 그림 그리는 걸 좋아했으며, 영국 브라이턴 대학에서 일러스트레이션을 전공했어요. 어린이책 작가인 조이스 던바의 딸로,
열여섯 살 때 처음 엄마가 쓴 두 권의 책 『신발 속에 사는 아기 Shoe Baby』와 『케이크 굽는 아기 Pat-a-Cake Baby』에 그림을 그렸지요.
그 외 그린 책으로는 『꼭 안아 주고 싶지만…』, 『우리 아빠는 버드맨』, 『비눗방울 동생을 구해 주세요!』 등이 있고, 쓰고 그린 책으로는 『안녕, 펭귄?』, 『나 진짜 화났어!』,
『파란 강아지를 원해!』와 『꿈의 보트 Arthur's Dream Boat』 등이 있답니다. 폴리가 만든 책 중 『안녕 틸리! Hello Tilly』로 처음 시작한 시리즈는
애니메이션 시리즈 『틸리와 친구들 Tilly and Friends』로도 제작되었어요. 또 아이들을 위한 극장 회사, '긴 코 인형'의 공동 창립자예요.

신수진 옮김
한국외국어대학교 영어과를 졸업한 뒤 오랫동안 출판사에서 어린이책 편집자로 일했어요. 자연이 아름다운 제주도에 살면서 어린이책을 번역하고,
그림책 창작 교육과 전시 기획도 하지요. 그동안 옮긴 책으로는 『내 친구 스누피』, 『배드 가이즈』 시리즈와 『부끄럼쟁이 꼬마 유령』, 『완벽한 크리스마스를 보내는 방법』,
『코끼리 스텔라 우주 비행사가 되다』, 『필리파가 받은 특별한 선물』, 『비나가 어디 갔지?』 등이 있어요.

사각사각 그림책 70
그럴 기분이 아니야!
1판 1쇄 찍음 – 2024년 11월 26일, 1판 1쇄 펴냄 – 2024년 12월 12일 글쓴이 오언 매크로플린 그린이 폴리 던바 옮긴이 신수진
펴낸이 박상희 **편집주간** 박지은 **편집** 최유진 **디자인** 이슬기 **펴낸곳** (주)비룡소 **출판등록** 1994. 3. 17.(제16–849호)
주소 06027 서울시 강남구 도산대로1길 62 강남출판문화센터 4층 **전화** 02)515–2000 **팩스** 02)515–2007
홈페이지 www.bir.co.kr **제품명** 어린이용 각양장 도서 **제조자명** (주)비룡소 **제조국명** 대한민국 **사용연령** 3세 이상

THE ROAR by Eoin McLaughlin, Polly Dunbar
Text ⓒ Eoin McLaughlin, 2022 Illustrations ⓒ Polly Dunbar, 2022
First published in the UK in 2022 by Faber and Faber Limited All rights reserved.

Korean Translation Copyright ⓒ 2024 by BIR Publishing Co., Ltd.
Korean edition is published by arrangement with FABER AND FABER LIMITED through EYA Co., Ltd.

ISBN 978–89–491–0571–0 74800 / ISBN 978–89–491–0500–0(세트)